文芸社セレクション

ライラックの花言葉

松田 好子
MATSUDA Yoshiko

文芸社

目次

気持ちの良い春、往診の帰りに真理《まり》は一軒家の庭先できれいに咲いているライラックの花を見つけた。この花にはたくさんの思い出があり、今の人生があったことを懐かしむ。

一、公園の中の家

時は昭和三十年代、戦争も終わり世の中は少しずつ平和を取り戻していた時期でした。

六年生になった真理は内耳炎という耳の病気で毎日のように病院へ行ってから登校する生活でした。そのせいで、クラスの仲間から遅刻姫とか、耳が臭い、聞こえないのか？　とか散々なことを言われ仲間はずれにされていました。

同じクラスに、もう一人仲間はずれにされていた女の子がいました。名前は礼子《れいこ》。彼女の家は貧しく、お父さんがゴミ集めの仕事をして生活をしていたのです。学校へ来るときの服は拾い集めた衣類の中からサイズの合う物を着ていました。だから、女の子らしい格好は出来ず、いつも男の子みたいとか、洋服が汚い、臭いとかでいじめられていたのです。

こんな二人です、自然と慰め合うようになり、仲良くなっていったのです。

六年生の初夏のことでした。礼子が真理の肩をたたいて嬉しそうに言いました。

「今日の放課後、家に遊びに来ない？」

入学当初から仲は良かったのですが、自宅へ誘われたのは今回が初めてでした。

「行く、行く、必ず行く」

真理は思いもかけない誘いに嬉しくてたまりませんでした。

「ランドセルを置いたら急いで行くね」

下校までの時間が長く感じる真理でした。やっと下校のベルが鳴り、さよならのあいさつをすませると走って家に帰りました。

「ただいま」

その弾んだ声を聞いたお母さんは、

「何か良いことでもあったの？」

聞かずにいられないほどだったのです。

「礼子ちゃんの家に行ってくる」

「それは珍しいことね、ところで礼子ちゃんの家を知っているの？」

「知らない、でも、仲良し広場の前で待ち合わせしているから大丈夫」

「そうなの、それじゃ、気を付けて行くのよ、ああ、ちょっと待って、おやつにおせんべいを持って行きなさい、二人で仲良く食べるのよ」

「は〜い」

わくわくしながらお母さんが包んでくれたおせんべいを大切にバッグに入れて出かけて行きました。

公園の前に着くと礼子が公園の中から手を振って走ってきたのです。

「ここだよ」

「あっ、礼子ちゃん」

二人は学校で会っていたばかりなのに、外で会うと、なんだかとても新鮮に思えて、嬉しさが倍増しています。

「礼子ちゃんの家はこの近くなの？」

「うん、そうだよ」

得意そうに公園のすみっこにぽつんと立っているほっ立て小屋を指さしたのです。

公園の中にある家なんて驚きで信じられない真理でした。

「あれが、礼子ちゃんの家？」

「そうだよ」

礼子は真理の手をつかんで小屋の前まで引っ張るように連れて行きました。そこには礼子のお母さんがにこにこしながら立っていました。

「こんにちは」

あいさつをしながらも、あまりに想像外なので真理の目はキョロキョロしています。

「よく来てくれたわね、礼子が楽しみにしていたのよ、さあ、中にどうぞ」

ドアなどなく、ドアの代わりにのれんのようにたれさがったゴザがあるだけです。それを巻き上げて中へと招待されたのです。

驚いたのはこれだけではありませんでした。家の中の床は土でその上にゴザが敷かれていたのです。

「驚いたでしょ？」

おばさんの言葉に返事が出来ませんでした。でも、黙っていたら悪いと思い、

「いいえ」と答えたのです。

真理にとってゴザはおままごとをするときに庭で使う敷き物と思っていたからです。

おばさんはそんな真理の気持ちを察して優しく言いました。

「真理ちゃんのような家に住んでみたいんだけど、なかなか住めなくてね、おじさんは一生懸命働いているんだけど一向に生活が楽にならなくて、礼子が可哀相でね」

この言葉に礼子は言い返しました。

「礼子、可哀相じゃないよ、真理ちゃんと言う大好きな友達がいるんだから」

真理の顔を見てにこりとほほえんだのです。

友達がいて幸せと自分に向けて言ってくれたことが嬉しくて、このときのことは今でもはっきりと覚えているのでした。

嬉しくて二人で顔を見合わせていたそんな時でした。外でクンクン、犬の鳴く声が聞こえてきました。

「あれっ」

二人は急いで外へ出てみたのです。そこには一匹の犬が二人を待っていたかのように立っていたのです。

「さっきまで、いなかったのにね」

二人は顔を見合わせました。

「お母さん、犬がいるよ」

「やたらに触っちゃだめだよ」

土間で何かをやりながらおばさんは大声で言っていました。

「うん、でもおとなしそうだよ」

「それでも、狂犬病があるかも知れないから触るんじゃないよ」

一段と声を大きくして言うのでした。しかし礼子はその言葉に耳を傾けませんでした。

「お母さんに内緒で触ってみようよ」

礼子は犬に手を出そうとしました。

「おばさんに叱られるよ」

真理は叱られそうでいやだったのです。

でも、礼子は平気でその犬に近づきなでてみました。

「可愛いよ、真理ちゃんも触ってみたら」

今まで犬を飼ったことも触ったこともない真理には冒険でした。

「大丈夫、本当に大丈夫、噛まないかな？」

こわごわ、犬の頭を触ってみたのです。

「うわ、可愛い、おとなしいね」

二人はおばさんの注意などすっかり忘れて夢中になっていました。

「どう見ても病気なんかなさそうだよね」

礼子はこの犬が飼いたくておばさんを呼びに行きました。

渋々出てきたおばさんは言いました。

「飼うなんて絶対にだめだよ、我が家には犬のご飯まであげる余裕はないからね、人間が食べるだけで精一杯なんだから」

この言葉にどうしようかと考え込む二人でした。

「そうだ、真理ちゃんの家で飼ってくれないかな」

唐突な礼子の言葉に一瞬迷った真理でしたが、その考えもあるな～と思うと不思議と飼いたい気持ちになるのでした。しかし心配がひとつありました。それはお母さんがなんて言うか分からないことでした。

「今日帰ったら聞いてみるね、良いって言ったら明日迎えにくるから明日まで礼子ちゃんの家で飼っていて」

「お母さん、それなら良いでしょ?」

礼子は一生懸命、おばさんに頼んでいました。

「おばさん、お願いします、私、お母さんに頼んでみますから」

二人の熱心さにおばさんも仕方なく明日までの約束で置いてくれることになったのです。

「犬は外につないでおきな」

わらのひもを持ってきて礼子の家に一番近い木につなぎました。

「ほら、ほら、おやつだよ」

おばさんは卓袱台を広げてその上に家で漬けたお漬け物と、公園の水飲み場からくんできた水でもてなしてくれたのです。

「うわ、きれいな緑色、おいしそう」

キュウリの漬け物の色のあざやかさにびっくりしている真理でした。

「どうぞ、召しあがれ、真理ちゃんのおうちでは漬け物がおやつなんてことはないわよね」

「はい、でもすごく美味しそう」

お漬け物を口に入れたとたん、その美味しさに驚きました。

「こんなに美味しいお漬け物は初めてです」

おばさんはこの言葉にとても嬉しそうです。真理はお漬け物がおやつになるなんて考えたことがなかったのに、本当はおやつに最適なのだと新発見した気分でした。

「おやつを食べたから、ブランコで遊ぼうか？」

まるで公園が礼子の家の庭のようです。

外へ出てすぐにブランコに乗れるなんて子供には夢のようです。この環境って良いな～と真理はうらやましい思いでした。

そのブランコを思いっきりこぐと礼子の家が小さくなったり大きくなったり、二人は夢中でこぎました。

「ねえ、あの犬にも名前をつけない」

ブランコが上に昇っているときには、木の根元で寂しそうにしている犬の姿がよーく見えるのでした。

「なんだか寂しそうだね、可愛い名前をつけてあげようよ、何が良いかな？」

真理が言うと礼子が良い考えがあると言うのです。

「礼子が良いよ」

「えっ、礼子、なんで？」

「家で飼えないからその代わりに」

「それは変だよ、どうして礼子なの？」

真理はこのときの礼子に何か予感のようなものをうっすら感じていました。

「もし、私の家で飼ったとして礼子ちゃんが遊びに来ているのに、犬を呼ぶときに礼子って呼び捨てるの、それはいやだよ、犬らしい名前にしようよ」

「そうか、そうだね」

礼子はペロッと舌を出して笑いました。

「それじゃ、ポチにしようか、どうかな〜」

「犬の代表的な名前だね、良いと思うよ、ポチに決定」

二人はブランコの上からポチと呼んでみました。

その「ポチ」の響きが自分を呼んでいると感じたのか、顔をあげて嬉しそうに声のする方を探しているようです。

「不思議だね、ポチって言う言葉が自分のことって分かっているみたいだね」

「そうだね、私たちの飼いたい気持ちが通じたのかな？」

こんなことを話しながらブランコを楽しんでいると、公園の外を、リアカーを引いたおじさんが通りかかりました。

「あっ、お父さんだ、お父さん～」

大きな声で礼子は呼びました。その声におじさんはにこにこしながらブランコの二人に手を振ってくれました。

おじさんはリアカーを止めて公園の中へ入ってきました。

礼子は急いでブランコから飛び降り、おじさんのところへと走って行ったのです。

そして、おじさんの手を引っ張るように真理のところへ連れてきました。

「真理ちゃん、私のお父さん」

「えっ、お父さん？」

真理が驚いた顔をすると、

「礼子の父です、よく来てくれましたね、礼子から真理ちゃんのことは聞いていますよ、仲良くしてくれてありがとう」

とても優しい笑顔でした。

「礼子、良かったな、お友達が遊びに来てくれて」

「うん」

照れくさそうにまた舌を出して礼子らしい笑顔でした。

「礼子がお友達を呼ぶのは初めてなんですよ、ゆっくりしていってくださいね、おじさんは仕事があるのでこれで失礼しますよ」

二人に手を振りながら公園の外へと出て行きました。

「優しそうな、お父さんだね」

「うん、優しいよ、真理ちゃんのお父さんも優しいでしょ？」

「私にはお父さんはいないから分からない」

「えっ、知らなかった、どうしたの？」

「私が生まれてすぐに病気で死んじゃったんだって」

「それは寂しいね」

「そうだね、でも、物心ついたときからいないから、お母さんと二人の生活が当たり前だと思っているので平気だよ」

本当はすごく寂しいし、うらやましいと思っていました。でも、そんな気持ちを礼子には感じ取られたくなかったのです。

「そうだったんだ、可哀相」

礼子はお父さんがいない真理が可哀相でたまらないようでした。片親の寂しさを感じさせない真理の明るさにえらいな～とも、思っているようでした。

「これからも仲良くしようね」

礼子はこのとき、真理にかける言葉がこれしかなかったのです。礼子のこの言葉だけで真理は充分嬉しくて、思いっきりの笑顔で返したのでした。

再びブランコで遊んでいると、遠くの方でゴロゴロと雷の音が聞こえてきました。

「夕立でも来るのかな？」

「そうかも知れないね、家に入ろうか？」

「まだ大丈夫だよ」

のんびりブランコで揺れていると、雷の音がだんだん大きくなり近づいてきました。

それと同時に大粒の雨がポツリポツリと二人の体に落ちてきました。

「うわ、雨だ」

頭を隠して大急ぎで家の中へと駆け込みました。家に入ったとたん、外が真っ暗になり大粒の雨がザーザーと降ってきたのです。

「いけない、ポチが、お母さん、家の中に入れて良いでしょ」

「仕方ないね、連れておいで」

お許しをもらった二人は急いで犬を連れに外へ出ました。

ポチはがたがた震えて心細そうな顔でした。その姿に心から申し訳ない気持ちにさせられた礼子と真理でした。

「私たちだけ家に避難して、つながれていて身動き出来ないポチを置いてきぼりにするなんて、ごめん、ごめん」

謝りながらひもを解き、こわくて動けないポチを夢中で家の中へ連れ込みました。みんな、びしょびしょです。

「夏とは言え、風邪引いたら大変だよ」

おばさんが手ぬぐいを持ってきてくれました。

まず自分たちが拭いて、その後、ポチも拭いてやりました。

おとなしく、気持ちよさそうに礼子が拭いてくれるのを喜んでいるようでした。

雨はますますすごい勢いで降ってきました。

そのうち、礼子の家のトタン屋根に落ちる雨音は、話し声も聞こえないほど大きくなっていくのでした。真理はこんな経験も初めてなので面白くてたまりません。わざと大声を張り上げて、

「礼子ちゃん、明日も遊ぼうよ」

呼びかけてみるのでした。すると、

「うん」

礼子はどことなく元気のない返事でした。

「どうしたの？」

真理は気になってきました。

「少しぬれたから寒いだけ、ポチも震えているけど、寒いのかな？　ねえ、お母さん、犬も風邪引くの？」

礼子は本当にポチが風邪引いたら可哀相と思ったのです。

「私は知らないよ、犬なんか飼ったことないからね」

家の中は雨音と、三人の大声とで賑やかすぎるほどです。

しばらくすると雨音がぴたりと止まりました。

「うわ、静かだ」

思わず、ほっとする真理でした。

「そうでしょ、トタン屋根は雨のときは話し声なんか聞こえないんだよ、でも、今日は真理ちゃんがいてくれたので楽しい雨の時間だったよ、礼子にとって良い思い出になるよね」

おばさんも楽しい時間だったと言っているにもかかわらず、どことなく寂しそうです。

真理は二人の様子が気になったのですが、聞いてはいけない気がして聞くのをやめました。

「雨がやんだから外に出てみない」

礼子は自分の寂しさを吹き飛ばすかのように言いました。

「大賛成」

真理はポチと一緒にゴザを巻き上げて外へ出ました。すると、公園の端から端まで渡れそうな色鮮やかな大きな虹が出ていたのです。

「うわ、きれい」

「本当だね、私、ここで暮らしていたけど初めてだよ」

「私もだよ」

真理も礼子も感激しすぎて一瞬動くことも出来ず見いっていました。すると、真理が突然、礼子の手を引っ張って公園の端から端まで走り出しました。もちろん、ポチもその後を嬉しそうに走っています。

「真理ちゃん、速いよ」

引っ張られている礼子はつまずきそうです。

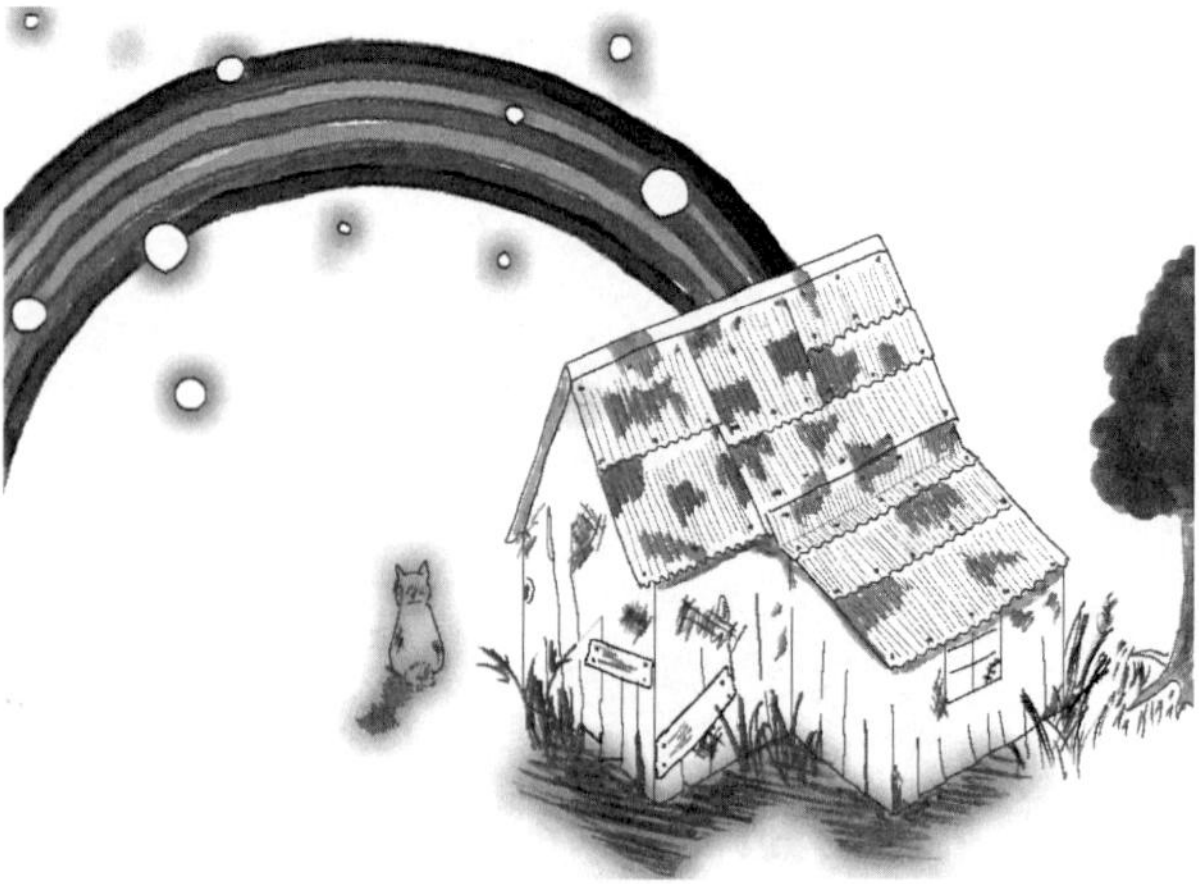

「速く、速く、虹が消えないうちに一回りしてみようよ」

公園を一周するとハアハア言いながらブランコに座り込みました。

「うわ、冷たい」

ブランコがぬれていることすら忘れて、二人は座って空を見上げたのでした。

「こんなきれいな虹って夢の世界みたいだね」

「そうだね、私、真理ちゃんと見たこの虹、一生忘れないよ」

「私も一生忘れないよ」

二人は徐々に薄くなっていく虹に釘付けです。

「ねえ、真理ちゃん、ポチを必ず飼ってね」

「今日、帰ったらお母さんに聞いてみるよ」

礼子の顔を見ると目に涙が輝いていました。

「礼子ちゃん、どうしたの？」

「ううん、何でもない」

一生懸命、元気な振りをする礼子でした。そんな姿に真理はますます心配になって今回はたずねないわけにはいかないと思いました。

「本当は何かあったんでしょ？　友達じゃない、話してくれない」

二人はブランコを揺らしながら空を見つめていました。

「そろそろ、虹が消えそうだね、消えないうちに話して欲しいな」

真理がぽつりと言いました。

「そうだね」

涙を拭いた礼子は思いきって話そうと決めました。

「実はね、この公園の家、明日、立ち退かなければならないの、役所から命令が出てそれにそむくとお父さんが警察に捕まっちゃうの、だからどこか別のところに移るんだって」

「ええ、それじゃ、今日が最後なの？」

思ってもみなかった話に真理は驚きを隠せません。

「でも、また会えるよね」

二人は黙って消えていく虹をうるんだ目で見つめていました。

「消えちゃったね」

ぽつりと礼子が言いました。空はうっすら暗くなっていました。

「帰りたくないな、帰っちゃったらもう会えないんでしょ」

「うん、どこへ行くか分からないから」

「手紙ちょうだい、私の住所は知っているよね」

「うん、学校の連絡名簿で知っているよ、手紙は必ず書くから」

こんなやりとりをしているとおばさんがブランコのところまでやってきました。

「もう、そろそろ、暗くなってきたから真理ちゃん、おうちへ帰りなさい、ところで二人とも、おしりがぬれているんじゃないの」

おばさんの言葉ではっとしました。

「いやだ、ぬれているのも忘れていた」

お互いに顔を見合わせて苦笑いです。

「冷たいね」

スカートを触って、後ろ姿を見るのでした。

「おもらしをしたみたいだね、このまま、帰るのは恥ずかしいけど仕方ないか」

礼子に笑って欲しくて、わざとおどけた言い方で真理は言いました。

「礼子のスカートを貸してあげるよ、礼子の、と言っても捨てられていた物だけどね」

「大丈夫、近くなんだから」

礼子の気持ちはすごく嬉しかったのですが、礼子のスカートを一枚でも減らしたら可哀相と思い、真理はぬれたままで帰ることにしました。

二人の様子で礼子がお別れのことを話したのだとおばさんは察しました。

「真理ちゃん、ごめんね、寂しい話を聞かせて、明日の朝にはここを出なくてはならないの、礼子のこと、忘れないでやってね」

「はい、もちろんです、手紙のやりとりはするんだよね」

「そうだったの、それは良かった」

おばさんも少しほっとした気持ちになったようです。

二人は真理を公園の入り口で姿が見えなくなるまで手を振って見送ってくれました。

真理も何度も何度も振り返り、手を振っていましたが涙で二人の姿はかすんで見えていませんでした。

二、礼子ちゃんが去って

真理はその晩は寂しくてなかなか寝付けず、明け方やっと眠りに入ったようでした。

「真理、起きなさい、遅刻するわよ」

お母さんに何度も起こされましたが気がつかず、やっと目が覚めたときには家を出るギリギリの時間でした。

「どうして起こしてくれなかったの」

お母さんに文句を言おうとしてふと気がつきました。

「お母さん、ごめん、私、寂しくて寝られなかったんだ」

「多分そうだと思ったわ」

お母さんも昨晩、真理から話を聞かされていたので心配でした。

「今日から、少し寂しいけど頑張って行きなさいよ」

「うん、行ってきます」

玄関をガラガラッと開けると、クンクンと犬の悲しそうな鳴き声が聞こえて来ました。

真理はハッとしました。

「もしかして、ポチ？」

昨日は礼子がいなくなってしまうと言う悲しいことで、すっかりポチのことを忘れていたのです。急いで門を開けると例のなわで垣根につながれたポチが立っていたのです。

「ポチ、ごめん、礼子ちゃんのことで頭がいっぱいで、まだ、お母さんに話していなかったんだ」

ポチを庭の中に入れると大声でお母さんを呼びました。

玄関に出てきたお母さんはポチの姿に驚きました。

「どうしたの、忘れ物？」

「どうしたの、この犬？」

「昨日、礼子ちゃんの家に来た犬なの」

「それって、どういうこと？」

お母さんには状況がつかめません。しかし、真理は学校に行く時間が迫っています。困ったお母さんはとにかく下校してから話は聞くと言うことで、真理を学校へ送り出しました。

その後、辺りを見回してみました。

すると垣根の間に手紙のようなものがひっかかっていたのです。

それは真理宛ての礼子からの手紙でした。

「開けたらまずいかしら、でも、夕方まで事情が分からないのも困ったものだわね」

独り言を言っています。

「どうしたら良いの、私、犬を飼ったことないから分からないのよ、教えてちょうだい」

自然と犬に話し掛けているお母さんです。犬が返事をするわけがないのに今度は、

「この手紙、見て良いかな、真理宛てなんだけど」

真理が帰るまで犬と一緒に過ごすなんて心細くてたまらないのです。ただただ焦る気持ちが犬に話し掛けていたのです。

お母さんの気持ちをサッチしているかのように、ポチは優しい目でお母さんの顔を見つめています。その姿がたまらなく不憫でお母さんは犬のそばから離

れがたくなっていました。

「夕方まで君と一緒に過ごそうか、手紙はそれからにしましょう。君はラッキーだったんだよ、今日は私、仕事が休みだからね、そうじゃなかったら見ず知らずの家で夕方まで一人で置きっ放しにされていたんだよ。ところで、お腹が空いているでしょ、今、ご飯持って来るから、ここで待っていなさい」

急いで台所から夕べの残り物をお鍋に入れて持ってきました。

「さあ、お食べ」

そうとう空腹だったのか、お鍋を置いたとたん、すごい勢いで平らげてしまいました。

「よほどお腹が空いていたのね、どこで飼われていたの？」

朝の片付けをそっちのけでポチから目が離せません。

一方、真理のクラスでは担任から礼子の話が出されていました。

「みんな、聞いてくれ、田中《たなか》礼子さんが引っ越しをして今日からこの教室の生徒ではなくなりました。仲良かった人はいなかったと思うが、一応報告だ」

この先生の言葉に真理は悲しさと怒りを覚えたのです。すると教室のあちらこちらから、

「礼子ちゃんの家、貧乏だったから追い出されたんじゃないの」

とか、

「給食費払えない奴なんてさ、さっさといなくなってくれれば良いってお母さんが言っていたぜ」

などクラスの中は言いたい放題でした。

なんてひどいクラスなんだろう、怒りをどこへぶつけて良いか分からず、一人、屋上に行き、昨日見た虹を思い出しながら空を眺めていました。

「おい、真理、おまえ、礼子と仲良かったんだろう、あいつの家ってどこだったんだよ、ちゃんとした家になんか住んでいなかったんだろう？　あいつだけ、連絡簿に住所書いてなかったもんな〜」

意地悪な言葉でした。真理は悲しくて黙って教室に戻りました。

教室の中でもおもしろおかしくうわさで持ちきりでした。

これからの礼子のいない学校生活を想像するだけで、いたたまれない気持ち

になっていくのでした。

この日は朝から下校までの時間がいつもより何倍も長く感じました。やっと、下校時間が来ました。一刻も早く家に帰りたくて学校を飛び出したのでした。

「ただいま、お母さん、ポチは？」

門を入ると玄関が閉まっていたのです。

「今日はお母さん、仕事は休みって言っていたのにどこへ行ったのかしら、ポチはどこ？」

庭を見回してもお母さんもポチの姿もありません。

今日の学校の出来事だけでも悲しいのに、家に帰ればいるはずのポチもお母さんもいない、何があったんだろうかと涙があふれて止まらない真理です。

いつもは鍵を持って行くのですが、お母さんの仕事が休みの日は鍵を持たずに学校へ行くのです。「ただいま」と言うと「お帰り」と玄関を開けてくれるその瞬間が大好きだったからです。

「どこへ行っちゃったんだろう？　もしかして、ポチを保健所へ連れて行っているのかな？」

不安が大きくなるばかりです。庭の石に腰かけて、とにかくお母さんを待つしかありません。すると、外で誰かと話しているお母さんの声が聞こえてきました。

「あっ、お母さんだ」

立ち上がると同時に門がガラガラと開いて、お母さんとポチが入ってきたのです。

石のそばに立っている真理を見て、

「あら、帰っていたの、今日は早かったのね、犬と散歩に出ていたのよ、待たせちゃったわね、ごめん、ごめん」

けろっとしたお母さんと嬉しそうにしっぽを振るポチを見て、さっきまでの不安がいっぺんに消えて気がゆるんだのか、しゃくり泣きで涙が止まらなくなりました。

「どうしたの、そんなに泣いて？」

お母さんもポチも驚いた様子です。

「何でもない」

「今日は鍵を持って行かない日だったわね」

「そうだよ、だって、ただいまって言うと開けてくれるんだもん、それが嬉しいから」

照れくさそうに言うのでした。

お母さんは真理にいつも寂しい思いをさせているので、せめて仕事のない日は家にいることにしていたのです。今日はこんなに早く帰るとは思わなかったので近所へ散歩に出ていたのです。

「あれ、ポチの首輪、なわじゃない」

真理は気持ちが落ち着いてやっと気がついたのです。

「ポチって言うの、これ、礼子ちゃんからの手紙よ。この犬のそばに置いてあったの、早く読んでみて」

お母さんは内容をすぐにでも知りたいので、焦るように真理に手紙を手渡しました。真理は急いで封を開けて読み始めました。

真理ちゃんへ

真理ちゃん、昨日は楽しかったね。

引っ越す途中で真理ちゃんの家の前に来ました。

家で飼えないのでポチをお願いします。

学校でいじめられたらポチを私と思って話し掛けてください。きっと聞いてくれると思います。居場所が決まったら手紙を書きます。ポチをよろしく

礼子

短い手紙でしたが真理のことを心配してくれているのがよく分かりました。

「これじゃ、ポチを飼わないわけには行かないわね」

やっと、事情が飲み込めたお母さんでした。

「なわの話だけど、あれだと首が痛そうで可哀相だったから、そこの荒物屋さんでこの首輪を買ってきたのよ、可愛いでしょ?」

「良かったね、ポチ」

嬉しくて真理はポチにハグをしていました。

「君は今日から私たちの家族だよ、小林《こばやし》ポチさん、」

「お母さん、家の中で飼おうよ、今日から家族だからね」

「そうね、どうせ、きれいな家でもないからそうしましょう、でも、その前に犬を飼う約束事をきちんと決めないと、家族として迎えることは出来ないわよ」

　お母さんの厳しい言葉が返ってきました。

「うん、分かった、それで、どんなこと？」

　真理は犬を飼うことは簡単なことだと思っていたのです。

「まずは、毎日の散歩よ、いくら庭があるからってこんな狭い庭では運動にならないでしょ？」

「犬も運動が必要なの？」

「もちろんよ、外の広々したところで遊びたいでしょ、真理だってズーッと家の中にいたら外へ出たくなるでしょ、それと同じよ」

「分かった、学校へ行く前と夕方と散歩に連れて行くことを約束するよ」

「それを絶対に守ってもらわないと飼えないわよ、お母さんは仕事に出ちゃうんだから、夕方までは全て真理が責任を負うのよ」

「全てってなに？」

「例えば、ポチの体調よ、ご飯はいつも通り食べているか、散歩はいつも通り楽しんで歩いているかなど、いつもと変わりないか気をつけてあげるのが我々飼い主の仕事だと思うわよ、要するに、真理がポチのお母さんということよ」

「分かった、やってみる」

了解したことでポチは家族として加わることが出来ました。

翌朝からポチの散歩で早起きになった真理でした。

目覚ましが朝六時に鳴ります。

「もう、時間なの？」

眠い目をこすりながら起きるのです。

「ポチ、行くよ」

今まで、朝六時に起きることがなかった真理は、散歩のお陰で朝のさわやかな空気を肌で感じることが出来るようになったのです。

「ポチ、早起きって気持ちいいんだね」

家を出るまでは眠くて仕方ないのに外の空気に触れると不思議と目がぱっち

りとさめるのでした。公園に入ると犬連れの人が結構、散歩しているのです。

「新参者だね」

一人のおばさんが声をかけてきました。

「はい、昨日から我が家に来たポチと言います」

「犬の散歩は毎日してあげなさいよ、私は毎朝この時間に来ているからよろしく」

犬友達まで出来て散歩が楽しみになっていったのです。

登校前に病院へ行く日は普段より三十分早く散歩に出ます。

「今日はいつもの仲間は来てないね」

ポチと話しながら公園を一回りして帰るのでした。帰宅し、食事をすませるとポチを庭に出して出かけます。礼子が去って初めての通院の日でした。

いつものようにお母さんと一緒に病院までの道を十五分くらい歩くのです。

「お母さん、あじさいがきれいだね」

「そうね、真理はあじさいが好きなんだ」

「うん、むらさき色のあじさいが好き」

「あじさいの花言葉って知っている？」

「知らない、教えて」

「本来、あじさいの花言葉はあまり良いのがなく、別れとか冷たい心のようなことをいわれていたらしいけど、それではあじさいが可哀相と言うことで良い花言葉が後でつくられたと聞いたわよ、それは小さな花びらが集まって咲いているので家族団らんと言う意味みたいよ、ポチはちょうどこの時期に来たから家族の団らんに加わると言うことかも知れないわね」

「そうだね、礼子ちゃんも知っていたのかな」

「さあ、どうかしら、でも、礼子ちゃんが知らなくても礼子ちゃんの気持ちの中には、家族として加えてくださいと言う願いはあったんじゃないの」

病院へ着くまでの時間が真理にとってお母さんとゆっくり話が出来る楽しい時間なのです。

「ああ、もう、病院へ着いちゃった」

薬臭く、薄暗い病院は真理にとって一番嫌いな場所でした。静まりかえった耳鼻科の前で名前が呼ばれ、いつも通りの治療が終わるまでの約一時間を静かに待つしかなかったのです。やっと終えて暗い病院を出ると外の景色は明るく、さわやかでした。

「病院っていやだね」

「そうね、でも、治すためには仕方ないわ、頑張ろうね」

「うん」

お母さんは真理を学校の前まで送ると仕事場へと急ぐのでした。

学校には廊下で待ってくれる礼子はもういないのです。校門をくぐるのがとても気が重く、出来たらこのまま家に帰りたい気分でした。

でも、それをしたらお母さんを悲しませてしまうので出来ませんでした。暗い気持ちで教室の前まで行くと、

「また、遅刻かよ」

早速意地悪を言われるのです。

ジーッと我慢して下を向いたまま席に着き、次の授業の教科書を用意して待つのです。

すると、先生が近づいてきて、

「小林、来たか、お疲れさん、それじゃ、授業を始めるぞ」

ぼそっとこれだけ言って教壇に戻って授業に入ります。なんだか無性に寂しくて、早く下校時間が来ないかな～とそれだけが頭の中を巡っています。

給食もいつもなら礼子とおしゃべりして楽しいのに今日からは一人きり、何を食べても美味しくないのでした。

午後の授業が終わり、やっと下校時間になると急いで教室を飛び出すのです。

「おい、真理、なにをそんなに急いでいるんだよ」

何も答えずに一目散に帰るのでした。

いつもなら自宅の門を黙って開けるのですが今は違います。ポチがいてくれるのです。

嬉しくて大きな声で「ただいま」と言いながら門を開けるのです。

するとポチがしっぽを思いっきりふりながら迎えてくれるのです。

「ありがとう、ポチ」

こんな嬉しいことはありません。ポチと並んで家に入ります。家に入るとお母さんが用意してくれているおやつを食べます。これもポチが来るまで一人で

食べていたのが、今では隣で嬉しそうに寄り添ってくれるポチがいるのです。口をもぐもぐさせながら、

「礼子ちゃんどうしているかな?」

独り言のつもりで言ったのに、ポチが真理の顔をなめて慰めてくれるのです。

「ポチ、私の言っていることが分かるの?」

分かりますよとでも言っている眼差しで真理の目を優しく見つめるのです。

「人の言葉が分かるのかな? 犬が言葉を分かるはずはないよね」

自問自答しながらもなんだかポチは良き理解者のような感覚になっていくのです。

学校での嫌なことや友達から馬鹿にされていること、これらを自然とポチに聞いてもらう毎日になっていったのです。ポチのお陰で真理が元気でいられるようです。

「礼子ちゃんもポチといたかったでしょうにね」

お母さんは礼子のことを思うと可哀相でなりません。

「そうだね、私、犬なんか話し相手にならないと思っていたけど違っていたよ、

礼子ちゃんの言う通りだった、ポチに話すと気持ちが楽になるのよね、まるで礼子ちゃんと話しているみたいに、不思議なんだ」

「お母さんも犬を飼うのは初めてだから分からなかったけど、礼子ちゃんにはそれが分かっていたのかしらね」

こんな真理の様子を見る度に、お母さんは礼子への感謝の気持ちで一杯になるのでした。

日ごとに真理とポチとの関係が深まっていき、半年ほど過ぎた頃、礼子から最初の手紙が来ました。

真理ちゃんへ
元気ですか？

私は元気です。でも、先月、お父さんが過労で亡くなりました。

東京ではもう暮らすことが出来なくなってしまい、先週、お母さんの実家のある静岡へ引っ越してきました。

小学校は転々としているけどもうすぐ中学だね。そこでは落ちついて過ごせそうです。

ポチは元気ですか?

ポチにも会いたいけどしばらくは無理のようです。

どうぞ、ポチのことよろしく。

また、手紙書きます。取り急ぎ、住むところが決まったお知らせです。

礼子

この手紙を読んだ真理は驚きました。あの優しくて元気そうだったお父さんが亡くなったなんて、こんな悲しいことが起きて良いのかしらと悔しくてたまりませんでした。

「ポチ、礼子ちゃんのお父さんが亡くなったんだって、悲しすぎるよね」

ぽろぽろ涙を流しながらポチをなでることしか出来ませんでした。

ポチもこの事情を感じたのか真理のそばで静かに寄り添ってくれています。

私にはお母さんとポチがいてくれる、礼子ちゃんにはおばさんの他に誰かいてくれるのかな?

そんなことも心配になってきました。とにかく、返事を書くことにしました。

礼子ちゃんへ

連絡ありがとう。寂しくなっちゃったね。

こんなとき、ポチが礼子ちゃんのそばにいたら慰めになったのにね。ごめんね、私だけがポチにいろいろと慰めてもらっちゃって。

学校は相変わらずです。遅刻して行ったとき、礼子ちゃんがいないので一人ですぐに席について何を言われても我慢しています。

礼子ちゃんの存在が大きかったこと、改めて分かりました。

感謝しています。今は、家でポチと話すことで嫌なことを忘れることが出来ています。

ポチを預からせてくれたことも感謝です。礼子ちゃんには恩返しが出来ていません。

いつか、恩返しが出来たら嬉しいな。

そちらの学校ではいじめられていませんか？

もし、私で役に立つことがあれば手紙をください。

真理

これをちょうど書き終えた頃、お母さんが仕事から帰ってきました。

「お母さん、やっと礼子ちゃんから手紙が来たんだよ」

「あら、良かったじゃないの、それで、どこに住んでいるの？」

「静岡、おばさんの実家なんだって」

「そう、遠くなっちゃったわね、それで、礼子ちゃんは元気なの？」

急に沈んだ真理の顔を見たお母さんは何かあったと察しました。

「実は、礼子ちゃんのお父さんが亡くなったんだって」

「それはまた、どうして？」

「分からない、ただ、そう書いてあっただけだから」

「真理が心の支えになってあげなさいよ」

お母さんは終戦後まもない日本では、礼子のような家の状態では医者にかかることが出来なかったのではないかと想像していました。

「遊びに行ったときにはすごく元気だったのに、たった半年で死んじゃうなんて信じられないよ」

真理は礼子の気持ちを思うと何も手につきません。ただポチの温もりを感じることで慰められていました。この手紙の返事が来ることを待つしかありません。

寒い冬が過ぎ、外は気持ち良い季節となっていきました。

毎日、郵便受けをのぞいては今日も来ない、今日も来ないと、がっかりする日々を送っていた真理も中学生になっていました。半ばあきらめていたときでした。

真理宛ての可愛い封筒が郵便受けにありました。差出人を見ると礼子でした。

「うわ、礼子ちゃんからの手紙だ」

飛び跳ねたいくらい嬉しかったのです。そばを離れないポチに封筒を見せながら、下駄を放り投げんばかりに脱いで茶の間に座り込みました。そしていざ、封を切ろうと思うと何か不幸でもあってなかなか書けなかったのか、などを想像すると封を開ける手が震えて開封口はギザギザに切れて、恐る恐る、内容に目を向けました。

真理ちゃんへ

返事が遅くなってごめんね。

お母さんの実家にいそうろうさせてもらっているので、みかん畑と家事の手伝いをしなければならなくてゆっくり手紙を書く時間がなかったの。

私たちも中学生だね。

真理ちゃんの中学生活はどうですか?

私は学校から帰るとすぐに畑の手伝いをしています。

この辺の子供はみんな家業の手伝いをしているので、特別な目で見られないで助かっています。

中学では友達が出来たよ。最初はびくびく、ドキドキだったけど思い切って声をかけてみたの。そしたら優しく言葉を返してくれたんだ。それで一緒に帰るようになって、だんだんと打ち解けてきて今ではいろんなことを話せるようになったよ。私がお母さんの実家で世話になっていると言うことまで話したんだ。そしたら彼女の家もあまり裕福でないので、彼女も畑の手伝いと家事の手伝いをしなくてはいけないことも話してくれたんだ。

同じような環境の仲間がいるって心強いよ。今のところ学校は楽しく行っています。

真理ちゃんの学校生活を教えてね。

返事を待っています。

礼子

読み終えた真理はポチを抱きしめて言うのでした。

「良かった、礼子ちゃんもやっと楽しい中学校生活を送れるようになったんだ、自分から一歩乗り出したんだ、えらいな〜、ポチもそう思うでしょ？」

「そうですね、真理ちゃんも前へ進んでください」

ポチの顔がそう言っているように感じたのです。

「そうだね、私も見習おうかな」

礼子の明るい生活ぶりがとても嬉しかったのです。

真理の中学生活は相変わらず、病院通いと学校の往復です。クラスの仲間も小学校からのメンバーがほとんどで小学校からの生活と何ら変わらないのです。それだからこそ、自分も変わりたいと切実に思うのでした。

さて、どうしたら変わることが出来るのか、何回も何回も礼子の手紙を読み返しては考えたのです。それで分かったのは、礼子のように自分から行動をしなければだめと言うことだったのです。

「さて、自分から行動と言っても何をしたら良いのかしら？」

悩んでしまいます。

今までお母さんに心配をかけたくなくて学校での出来事はほとんど話していませんでした。今こそ自分は変わりたい、でもどうして良いのか分からない、このジレンマを相談する相手はお母さんしかいません。思い切って相談に乗ってもらうことにしたのです。

真理は今までの学校の様子を話しました。しかし、お母さんは真理が想像していたほど驚いてくれません。

「お母さん、驚かないの？」

「お母さんはあなたの母親よ、子供が苦しんでいることを知らないわけがないでしょ。でもね、口を出してはいけないと思ってずーっと見守ることにしていたのよ」

「どうして？」

真理はそんなお母さんの心が分かりません。

「それはね、病院へ通うのをやめるわけにはいかない、耳が悪いのは真理のせいではないでしょう？　意地悪を言われたからって、相手の口を変えることも出来ないわ、これらは真理が相手と向き合って変わっていくしかないでしょ、だから嫌なことを言われたら我慢ではなく、立ち向かう気持ちを早く持って欲しかったの」

「知っていたんだ」

お母さんには何でもお見通しなんだと母親の偉大さを感じた瞬間でした。

「もちろんよ、でも、これはお母さんがこう言いなさいとか教えて解決が付く問題ではないの、自分で立ち向かわない限り解決しないわよ、礼子ちゃんも同じだったんだと思うわよ」

「そうか、でもね〜」

真理はお母さんが言うのはよく分かるのですが、現実には難しいと思うのでした。

何日も考え込んでしまいました。

学校でまた遅刻かよと言われると言い返そうと思うのですが勇気が出ないのでした。

今日もだめだと落ち込んで帰る日々でした。

「ポチ、また言えなかった、どうしたらいいのかな〜」

そのときでした、いつもなら話を聞きながら真理の顔をなめて慰めてくれるのに、今日は急にシャキッと立ち上がってワンと大きく一度吠えたのです。

「どうしたの、ポチ」

真理は一瞬驚いたのですがそれは、真理にきぜんと立ち向かってくださいと言っているように思えたのです。

「ありがとう、ポチもお母さんも応援してくれているんだよね」

この言葉をかけると、いつものポチらしく真理の顔をなめて寄り添ってきました。

　やっと決心がつきました。その晩は明日のためにシミュレーションまでして自分を奮い立たせたのです。翌朝はいつも通り病院へ行ってからの登校でした。

　案の定、教室の入り口で待ち構えていた男の子たちが、

「また、遅刻かよ、小学校のときから変らね〜な」

　真理はこの言葉を聞き飽きています。そのとき、礼子の勇気とお母さんとポチが頑張れと言っている声が聞こえた気がしたのです。心の中で手を固く握って勇気を出す瞬間が来ました。

「病院へ行っているんだから遅刻はやむを得ないの、病気は治さないと大きくなってからでは大変なことになるの。近藤《こんどう》君たちには迷惑をかけてないんだから、もう聞き飽きたその言葉を私に言わないで」

　この真理の変身ぶりに近藤君たちは驚きを隠せません。

「なに、生意気なことを言っているんだよ」

「生意気って何？」

　一度、立ち向かうと後は不思議なくらいすらすらと言葉が出てくるのです。

あまりに今までと違う真理の態度に、近藤君たちはぶったまげたと言う顔でその場を去って行きました。彼らが去ったとたん、体の力が抜けてひざがガクガクです。このガクガクをみんなに悟られないようにすぐに席に座って、手を固く握りしめて平気な顔を装いました。

「よっしゃ、勇気を出したぞ」

この様子に女の子たちが何やらこそこそ話しています。

もう、いい加減、うんざりしている真理はついでに彼女たちにも一言、言っておこうと思うのでした。

「なにか、あなたたちに迷惑をかけた、それなら謝るけど、こそこそ話していないではっきり言ってちょうだい」

彼女たちも真理の急変に驚くばかりです。

下校までの時間、真理は何となく背中にみんなの視線を感じながら過ごしました。

やっと、下校時間が来ました。急いで帰ろうとすると女の子数人が声をかけてきました。

「真理ちゃん、今までごめん」

　この言葉に真理は驚きました。長い間友達として触れていなかった仲間です、どのように返事をして良いのかとっさに言葉は出てきませんでした。黙って下を向いているとみんなのリーダーのような一恵《かずえ》が言ったのです。

「真理ちゃん、本当にごめん、私たちも近藤君たちにいじめられるのが怖くてあの子たちに合わせていたの、言い訳になっちゃうけどね。本当はこんな意地悪なんかしたくなかったんだよ。今日の真理ちゃんを見て自分たちのやっていることが恥ずかしくなっちゃったんだ」

　涙を浮かべながら一恵が言うのです。そこにいた二人も同じように「ごめんね」と言う顔で真理を見つめていました。

「分かったよ、もう良いよ」

「ありがとう、許してくれるの？」

　たった一回の勇気で人の心を変えることが出来るのだと、身をもって分かった真理でした。

　帰宅すると門で迎えてくれるポチに報告しました。

ポチも真理の心の変化をすぐに感じ取ってくれているようです。嬉しそうにピョンピョンはねながら真理の後ろについて家に入ってきました。

今日は真理にとって大げさに言うと奇跡のような日でした。

お母さんにもこのことを話すと、

「自分が変わらないと相手は変わってくれないわよ、よく頑張ったわね」

褒めてくれました。

早速、礼子に手紙を書きました。

礼子ちゃんへ

手紙ありがとう。

友達が出来て良かったね。私も嬉しいよ、

礼子ちゃんの手紙に背中を押されて今日、勇気を出して近藤君たちに言ったんだ。

「もう、遅刻、聞こえないのかよ?」は聞き飽きたって。

みんな驚いて返す言葉がなかったみたい。

言い終えた後は、ひざがガクガクして止まらなかったけど、皆に気づかれないようしばらく座っていたんだ。

そしたら、小学校のときの一恵ちゃん、覚えている？

彼女が近づいてきて「ごめん」って謝ってくれたんだ。他の女子たちも次々と謝ってくれて明日からが楽しみになったよ。

勇気って大切なんだね。お互いに学校生活が楽しくなると良いね。取り急ぎ、良いお知らせです。

真理

三、明日からの学校生活は変わるのか？

翌日からどんな学校生活が始まるんだろうと、その晩はなかなか寝付けませんでした。

いよいよ、長いこと孤独でいた学校生活が変わるときです。

「行ってきます」

少し緊張し、少し期待しながら出かけました。教室に入ると、

「真理ちゃん、おはよう」

学校生活で礼子ちゃん以外に初めてこの言葉をかけてもらった気がするのでした。

他の女子たちも寄ってきて校庭で遊ぼうと誘われたのです。

何もかもが初めてです。どのように接して良いのか戸惑ってしまいます。

「真理ちゃん、ずーっと、一緒に遊んでいなかったから真理ちゃんの好きな遊びも知らないね」

「そうだね、私も一恵ちゃんたちのこと、知らないし、いつも礼子ちゃんとおしゃべりして過ごしていたから」

「これからはドッジボールや大縄飛びとかしようね」

お互いがどことなく照れくささもあって遠慮がちです。でも、楽しい一日でした。

明日は病院の日、遅刻して行ったら一恵たちはどう迎えてくれるんだろうかと、少し不安でその晩も眠れないで過ごしました。

中学生になってからは一人で病院へ行っているのです。

お母さんには真理の心細い気持ちは手に取るように分かるのですが、あえて特別な言葉はかけず送り出そうと思っています。

「今日は病院の日ね、きっと、一恵ちゃんたちは快く待っていてくれるわよ、心配しないで行ってらっしゃい」

「分かった、行ってきます」

不安に思いながらポチの頭をなでて「見守っていてね」と祈る気持ちで出かけて行きました。病院の待合室でもそのことばかりが気になって落ち着きません。

お医者さんにまで「今日はどうしたの、落ち着かなそうだね」と言われてしまうほどでした。診察も終え、学校へ向かう道々、一恵ちゃんを信じようと自分に言い聞かせながら歩いています。いよいよ校門を入り教室の前まで来ました。

「あれ、誰も待っていてくれない」

礼子は教室のドアの前で待っていてくれたので、今日も誰かが待っていてくれるものと信じていたのです。ところが誰もいないのです。その瞬間、仲良くなんて言っていたのは嘘なのだと、あきらめの気持ちで教室へ入って行きました。すると、

「真理ちゃん、おはよう」

教室の中で待っていてくれたのです。

「おはよう」

近藤君たちも例の言葉を浴びせてくることはありませんでした。

それどころか、

「おう」と声をかけてくれたのです。

これで教室の中の雰囲気が変わっていったのです。

その日の帰りのことでした。一恵ちゃんが、

「礼子ちゃんは今どうしているの？」

と聞いてきました。

「お父さんが亡くなって、今はお母さんの実家にいるよ」

「元気なの？」

「元気そうだよ、でも、突然、礼子ちゃんのこと、どうしたの？」

「私ね、礼子ちゃんにも悪いことしちゃったって後悔しているの」

「そうなの、それを聞いたら礼子ちゃんも喜ぶと思うよ」

「だといいけど、本当に悪いことしちゃったもん、いくら近藤君たちが怖いからって言いなりになっていた自分が恥ずかしくて」

一恵ちゃんも勇気を出してくれたんだと真理は嬉しくなりました。

「手紙を書けば喜ぶと思うよ」

一恵は礼子に手紙ででも詫びることが出来たら嬉しいと思うのでした。

「礼子ちゃんの住所を教えてくれる、礼子ちゃんが許してくれるか分からないけど手紙を書いてみるわ」

礼子の勇気が真理に、真理の勇気が一恵に、一恵の勇気が女子の仲間へと連鎖して行ったことは本当に素晴らしいことだと実感する真理でした。
帰宅すると礼子から手紙が来ていました。

真理ちゃんへ
良かったね、
私が背中を押したなんて、そんな風に思ってくれて嬉しいよ。
勇気って出すまでが大変なんだよね、
私も静岡の中学で友達になった友子《ともこ》ちゃんに声をかけるときに、どうしようか散々迷ったりしたんだよ。
でもさ、ここで一歩出ないと何も始まらないと思ったの。
その結果、今は何でも話せる友達になれたんですもの、本当にあのときはドキドキだったけど声をかけて良かったと思っているんだ。真理ちゃんもこれからどうなっていくか教えてね、応援しているよ。

礼子

これに対し真理もすぐに返事を出したのです。

礼子ちゃんへ
今日、病院の日でした。

でも、今までと違って気持ち良く迎えてもらえました。

近藤君たちまで「おう」だって。

一恵ちゃんたちが変わると女子が変わり、女子が変わると男子も変わらないわけに行かなかったのかも知れないね。

これからの学校生活は今までとは変わると思います。

それから、一恵ちゃんが礼子ちゃんに謝りたいんですって。住所を教えたので近いうち手紙を書くみたいよ。良かったね。

真理

一恵と真理はとてもよく話をする友達になっていきました。

「ねえ、先日、礼子ちゃんから手紙をもらったんだ。許してくれるって書いてあったの、すごく嬉しかったわ。まさか、返事をもらえるとは思っていなかったし。

もし、東京へ出てくることがあったら会おうねって約束したの、そのときは真理ちゃんも一緒に遊ぼうね」

「もちろんよ、それは良かった」

真理もこの話を聞いて嬉しかったのです。

礼子は苦労しているから相手の気持ちをちゃんと受け入れることが出来るんだなって、いつも感じていたのです。

真理と礼子の今の学校生活は一般から見たらごく普通の中学生活に見えるでしょうが、二人にとっては今までにない明るい学校生活なのです。こんな日々もあっという間に過ぎ、高校生となりました。

高校への受験時期はみんながそれぞれの道に向かって一生懸命でした。

一恵は商業高校へ真理は進学校へと進みました。礼子はどうしているだろうと高校の入学式の日に久しぶりに手紙を書きました。

礼子ちゃんへ
今日は高校の入学式でした。

礼子ちゃんは静岡の高校へ進んだんですか？

高校は中学と違ってクラスメートは大人っぽく見えます。

気のせいかな？

明日には部活を決めます。

私は華道部へ入ろうかと思っているの。

似合わないって笑われそうだけど、笑わないで聞いてね。

私、花言葉が好きなの、だから、いろいろな花を生けて花言葉を知りたいの。

ポチが我が家に来てくれたときにはあじさいがきれいだったでしょ？　この花言葉は家族団らんと言うらしいの。それ以来、花言葉に興味がわいてきたの。

礼子ちゃんの生活を教えてね。

それから、ポチはまだまだ元気でいますよ、安心してください。

ただ、少々、おじいさんになったけどね。

ポチがいてくれるので癒やされています。

真理

高校の入学式の後、礼子からも高校生活の明るい手紙が来ました。

真理ちゃんへ
私も一週間前が入学式でした。

友子ちゃんも同じ高校なので入学式も一緒に行きました。

同封した写真が友子ちゃんと私です。

優しそうな女の子でしょ?

いつか、真理ちゃんに紹介出来る日を楽しみにしています。

ところで、私はボランティア部という珍しい部活があったのでそこに入部しました。

そこでの活動は募金集めや町の清掃、児童館や図書館で子供たちに本の読み聞かせをするんですって。弱い立場の子供や人のために役に立つことを少しでも出来たらと思います。今度、報告します。

礼子

礼子も高校生活を楽しんでいると知るとほっとした真理でした。

お互い高校生活が忙しく、手紙のやりとりもすっかりご無沙汰のまま夏休みを迎えてしまいました。

真理は夏休みの間、近所のパン屋さんでアルバイトを始めました。

「真理、ここでアルバイトしているのかよ、えらいな～」

いじめの代表だった近藤君はよく買いに来てくれるのです。

一恵ちゃんもお母さんと一緒に買いに来てくれます。

「ここのパン、美味しいのよね、真理ちゃん、頑張っているわね」

中学まで一緒だった地元の友達が次から次へと買いに来てくれるので、パン屋のおばさんは真理に感謝してくれてアルバイト代を少しアップしてくれるのでした。

初めて、自分で働いたお金を手にしました。

このお金でお母さんと礼子にハンカチを、ポチにはお肉屋さんで肉を買ってプレゼントすることを前々から決めていたのです。早速、アルバイト代を大切にお財布に入れてデパートへハンカチを見に行きました。

「どれも高いな〜」

手元にあるお金と、にらめっこしながら選ぶのでした。

お母さんには花言葉で感謝の意味を持つピンクのバラの絵のハンカチを、礼子には大切な友達、友情の花言葉を持つライラック柄のハンカチを選びました。

これらを買うとお財布の中は残り少なくなっていました。あとはポチに肉を買わなくてはと近所の肉屋へ立ち寄りました。

「真理ちゃん、今日は何にしますか？」

親しい肉屋のおじさんがいつも通り聞いてきました

「ポチに肉をプレゼントしたいので牛肉を少しください」

「あれ、えらいな、真理ちゃんがプレゼントするのかい？」

「はい、初めてのアルバイト代で買ってやりたいんです。今、お母さんと友達にプレゼントを買ったら残りがほんの少しになっちゃって、これで足りる分でお願いします」

「おじさん、そんな真理ちゃんが気に入った、おじさんが真理ちゃんにプレゼントするよ、それをポチにあげな、そのお金は大切にしまっておきな」

おじさんの優しい気持ちに感謝しながら肉をもらって帰りました。

お母さんもポチも喜んでくれました。真理も今までにない初めてのくすぐったいような嬉しさでした。

早速、礼子に手紙を添えてハンカチを送りました。

礼子ちゃんへ
すっかり、ご無沙汰してしまいましたがお元気ですか？
私は夏休みの間、パン屋さんでアルバイトをしていました。
もぐもぐ屋と言う小学校の隣のパン屋さんです、覚えていますか？
あそこのおばさんに頼まれて忙しいときだけ手伝っていたの。
それと部活の両方でついつい手紙を書くことをしなくてごめんね。
礼子ちゃんはどういう夏休みを過ごしたのですか？
それから、このハンカチ、私のアルバイト代で買いました。初アルバイト代は礼子ちゃんとおそろいのハンカチを買おうと決めていたのです。ライラックは大切な友達、友情という意味なの。だから二人で永遠に持っていたいと思ってね。気に入ってくれると嬉しいです。

明日から新学期ですね。勉強も忙しくなるかも知れませんが体には気をつけて。ポチはおじいさんになったけど元気です。

真理

数日後、礼子からお礼の手紙が来ました。

真理ちゃんへ

可愛いハンカチをありがとう。

私の夏休みはみかん畑を手伝うことと、図書館で子供たちへの読み聞かせのボランティアであっという間に過ぎてしまいました。子供たちがすごく喜んでくれるのがなにより嬉しかったわ。

私こそ、手紙を書かないでごめんね。

新学期も多分時間に追われる毎日だと思いますけど、出来るだけ手紙は書くようにしますね。真理ちゃんも書いてね。

礼子

二人の二学期は始まりました。礼子は相変わらず畑の手伝いと部活動で、真理は部活と勉強で忙しい毎日でした。気がつくとあっという間に冬休み、新年を迎える季節になっていました。

年賀状のやりとりは、どんなに忙しくても元気かどうかの確認をするために必ず書くことにしています。今年もいつも通り可愛い年賀葉書でお互いに出し合いました。二人は年賀状を受け取ることで安心して、またしばらく手紙を書くことはありませんでした。

あれから時が経ち、高校二年生の夏休みになろうとしていました。

礼子ちゃんへ

ご無沙汰しています。

元気ですか？

月日の経つのは速いわね、高校二年生の生活も半分過ぎてしまいましたね。

部活では後輩が出来てお姉さんになった気分で楽しんでいます。

礼子ちゃんはどうですか？

図書館で小さな子供たちが礼子ちゃんを囲んで一生懸命、聞き耳を立てておお話を聞いている様子が目に浮かんでいます。

二学期が始まると進路の話も出てくると思います。礼子ちゃんはどうするのですか？

私はまだ決めることが出来ないでいます。

そのうち、相談に乗ってね。そのときはよろしく。

それから、ポチはすっかりおじいさんになって毎日、日向でコックリ、コックリ気持ち良さそうに居眠りをして過ごしています。

でも、元気ですのでご心配なく。また、書きますね。

真理

この手紙から半年過ぎても返事がなかなか来ませんでした。でも、忙しいからだろうと返事の来ないことに特別気を留めることもしませんでした。

そんなときでした。

「最近、礼子ちゃんから手紙が来ないんじゃないの」

お母さんも少し気になるようでした。

「そうだね、礼子ちゃんも部活で忙しいんじゃないのかな」

「それなら良いけど」

たしかにお母さんに言われると少し心配になってきました。そこで早速、真理は手紙を書きました。

礼子ちゃんへ
お久しぶりです、お元気ですか?
すっかりご無沙汰していますが、元気かどうかだけでも良いので返事をください。待っています。
真理

この手紙を出した数日後、真理宛ての手紙が郵便受けにありました。

「うわ、やっと来た、礼子ちゃんからだ」

喜んで差出人を見ると礼子のお母さんからでした。

「どうしたのかしら、これって、礼子ちゃんのお母さんよね」

差出人を見て真理はなんだか封を開けるのが怖い感じになっていました。

それでも、真理宛てに来ているのですから何か知らせたいことがあるのでしょう。手が震えるのを抑えながら開封しました。

真理ちゃんへ
突然、おばさんからの手紙に驚かれたでしょう。
実は、礼子が体調を悪くして三ヶ月以上入院しているのです。病名は白血病です。
あと、残り数ヶ月の命と言われています。
真理ちゃんに是非会いたいと礼子が毎日のように言っているのです。高校生活が忙しいことは分かっていますが、礼子の最後の我が儘を聞いてはもらえないでしょうか?

病院は静岡病院です。

おばちゃんより

この短い手紙を読んでいる間中、体が震えて、読み終えても震えがおさまりません。

「お母さん、大変、どうしよう」

夕飯の支度をしているお母さんに大きな声で叫びました。

「そんなに大きな声を出してどうしたの?」

ただ事でないことは真理の声で察しました。

この手紙を読んでからは、いてもたってもいられず次の日曜日、お母さんと真理はお見舞いに出かけました。

病院の入り口でおばさんが待っていてくれました。

「礼子ちゃんの状態はいかがですか?」

真理は心配のあまり、おばさんにあいさつもろくにしないまま、たずねました。

「あまり良くないのよ、もっと早くに気がついていれば少しは違ったのかも知れないんだけどね」

「どうしてですか？」

真理は次から次へとおばさんに質問ぜめです。

「真理、そんなにおばさんに聞いてもおばさんが困っているじゃないの」

はっと気がついた真理はおばさんに謝りました。

「良いのよ、心配してくれているんですもの、ありがたいわ、病室へ案内しますね」

おばさんの後ろ姿がとても寂しそうに見えました。

ドキドキしながら後をついて歩いている真理の心は不安ではち切れそうです。

すごく長い廊下に感じているとおばさんが立ち止まりました。

「ここよ、この部屋の一番奥なの」

手前にはベッドが四つ並んでいて真理たちと同じ年頃の女の子たちが寝てい

ました。彼女たちに軽く会釈をしながら通り抜けて礼子のベッドへ行きました。真理たちの話し声で心待ちにしていた礼子は微笑みながらベッドの上に座っていました。

「礼子ちゃん、大丈夫、おばさんから手紙をもらってびっくりしたよ」

「驚かしてごめんね、まさか真理ちゃんが来てくれるなんて考えてもいなかったよ」

これだけの会話を交わすと二人は抱き合ってしばらく言葉になりませんでした。

気持ちが落ち着いた二人はやっと、近況を話し始めました。

「高校生活は楽しいでしょ？」

礼子は真理に聞きました。

「そうね、今までと違って友達も出来たし部活でも花言葉に夢中なのよ」

「良いな～」

「大丈夫だよ、礼子ちゃんだってすぐに治るよ、私は信じている」

「ありがとう、私も楽しかったんだけどほんのつかの間のことで、すぐに体を壊しちゃって学校を休むことが多くなって、挙げ句の果てには入院でしょ、残念で仕方ないの」

落ち込む礼子にどう接して良いか分からない真理は一瞬、戸惑ってしまいました。

「真理ちゃん、気を遣わなくて良いよ、大丈夫だから」

かえって礼子に励まされてしまいました。

「そうだ、ポチの写真を持ってきたの」

「見せて、見せて」

礼子は嬉しそうにポチの写真を見ています。

「ポチもおじいさんになったわね、鼻のところってもう少し黒くなかった？」

「そうよ、白髪が生えてきたの、しっぽのところもかなり白くなって礼子ちゃんの知っているポチじゃないみたいよ。ねえ、良くなったら、遊びに来ない、ポチが喜ぶと思うわよ」

「もう、私のことなんて忘れちゃっているよ」

「そんなことないって、犬は助けてくれた人の恩は一生忘れないって言うわよ」

「そうだと良いんだけど」

ポチの話から幼かった公園での生活の話になり、礼子も久しぶりに声を上げて笑うことが出来たのです。

「ありがとう、真理ちゃんのお陰だわ、礼子がこんなに明るくおしゃべりしてくれたのは久しぶりでおばさんまで嬉しかったわ」

「私の方こそありがとうございました。また来ますね」

礼子とおばさんの嬉しそうな顔にまた必ず来ようと誓う真理でした。

玄関まで車いすで送ってくれた礼子に必ず元気になることを約束してねと願いながら、固く抱き合ってさよならをしました。

「礼子ちゃん、元気そうだったね、早く退院出来ると良いわね」

お母さんとこんな話をしながら帰ってきました。数日後礼子から手紙が来ました。

真理ちゃんへ

先日は遠いところありがとう。

とても嬉しかったよ。真理ちゃんはやっぱり私の最高の親友だ。

体調も真理ちゃんと思いっきりおしゃべりしたから病気が吹っ飛んで行ったみたい。担当の先生まで驚いているのよ。この分だともう少し経ったら退院出来るかも知れないって。

私、頑張るね、そしてポチに会いに行くからそれまで待っていてね。

昨日は真理ちゃんとポチとあの公園で遊んでいる夢を見たわ。今度、東京へ行ったときには行ってみましょうね。

当時とは変わってしまっているかも知れないけど。懐かしいな〜。

では、そのときまで真理ちゃんもお元気で。

礼子

元気になった礼子の手紙を読んで一安心をした真理でした。

早く退院しないかな、東京へ来たら一恵にも連絡してクラス会でも開こうと計画を考えていたのです。その旨を伝える手紙を書きました。

礼子ちゃんへ
先日は会えて良かった。そして、元気そうな手紙を読んで安心しました。

礼子ちゃんのこと、一恵ちゃんに話したの。

そしたら、礼子ちゃんが東京に来たらみんなでクラス会をしようと言うことになりました。

みんな、礼子ちゃんに会って謝りたいんだって。大人になったんだね。

当時のこと、本当に悪かったって思っているよ。近藤君なんてとくにね。

私が今度、お見舞いに行くときには一緒に連れて行ってくれだって。

本当に成長したよね。

だから、早く良くなって会いましょうね。

楽しみにしているよ。

期末試験が終えたら近藤君と一恵ちゃんと会いに行くね。

それまで元気でいてよ。

真理

この手紙を出してから一ヶ月近くなっても返事が来ません。

礼子のことが気になって仕方ありません。

真理は期末試験が終わったら必ず会いに行こうと決めて試験を頑張っています。

今日でその試験も終わりました。もし、みんなの予定が合わなかったら、とにかく明日は自分だけでも会いに行こうと決めた矢先のことでした。

郵便受けにおばさんからの手紙が入っていました。手に取ると以前と同じように手の震えが止まりません。不吉な予感がしてどうしても封を切ることが出来ないのです。

ただ、封筒の真理宛ての字だけを見つめているうちに部屋の中は暗くなり、あっという間にお母さんが仕事から帰ってくる時間になっていました。

「ただいま」

玄関を開けると部屋の中では電気もつけないで真理が呆然と座っていました。

「どうしたの、電気もつけないで」

お母さんは真理がなんでポーッとしているのか分からず、学校で何かあったのかと思っていました。

「学校で何かあったの?」

黙って下を向いている真理の手元を見て直感しました。

「礼子ちゃんに何かあったの?」

「分からない、まだ読んでいないから」

「なんで読まないの」

「だって、怖いんだもん」

真理の気持ちはお母さんにも分かります。

「でも、読まなければ、どうしたのか分からないでしょ?」

「うん」

怖々、真理は封を切りました。

真理ちゃんへ
今日はお知らせしなくてはならないことがあって手紙を書いています。

多分、この封書を受け取った時点で察しが付いたことと思いますが、一週間前に礼子は旅立ちました。

前回の真理ちゃんからの手紙をもらって返事を書きたくて何度かペンを手にしていたのですが、ベッドの上に座ることがだんだんときつくなって寝たきりになり、とうとう、返事を書くことが出来ませんでした。礼子はさぞや歯がゆかったことでしょう。

ただ、書けない分、真理ちゃんからもらった手紙を何度も何度も読み返していました。

そして、もうすぐ期末も終わるから会えるね、とその日を指折り数えて待っていました。

生前は本当に優しくしてくれてありがとうございました。礼子も心から真理ちゃんには感謝しています。

礼子から真理ちゃんに渡して欲しいという品物があります。

近いうちに送りますね。形見として持っていてあげてください。

取り急ぎ、礼子のことをお知らせします。

おばちゃんより

短い手紙でも最後の方は涙で字が霞んで読むことが出来ませんでした。

翌日、お母さんと静岡へ行きました。

駅で待ち合わせしたおばさんの顔はやつれきっていました。真理の顔を見るなり号泣していました。

「よく来てくれましたね、おばさんは嬉しいわ」

家までおばさんの運転する車で行きました。

「さあ、どうぞ、礼子、真理ちゃんが来てくれたわよ」

大きな声でおばさんが言うのです。一瞬、礼子が玄関へ出てきそうな気がしました。

おばさんは真理の顔を見ながら、

「おかしいでしょ、おばさん、礼子はいないのに生きている気がして朝も夜も一日中、礼子と話しているのよ」

「そうですか、礼子ちゃんもその方が嬉しいんじゃないでしょうか」

お母さんもこの言葉に胸が一杯です。

二人は礼子の写真の前でしばらく手を合わせて無言でいました。

真理はもう少しまめに見舞いに来れば良かったと、後悔で胸がはち切れそうです。

「礼子ちゃん、ごめんね、もう少し早く来れば良かった」

真理の気持ちを察したおばさんは、

「そんなことないわよ、遠いところを来てくれたんだから充分だよ、礼子だってそう思っているわよ」

おばさんの慰めの言葉が余計心に響いています。

「そうそう、礼子から頼まれていた物があるの」

そう言うと奥の部屋から『礼子の思い出ノート』と書かれたノートを持ってきました。

手渡されたノートを開くと小学校のときからの真理の手紙が張られていました。そこには短いコメントも書かれていたのです。

「これを真理ちゃんに持っていて欲しいと言い残していたの、これからもずーっと忘れないでもらいたかったんだと思うのよ、それから真理ちゃんがプレゼントしてくれたハンカチは礼子に持って行かせたの、天国へ行ってもずーっと、胸に抱いているわよ」

これを聞いて胸がはち切れそうで、どのように返事をして良いのか言葉が出てきません。

ただ号泣するばかりです。少し落ち着いてやっと言葉が出ました。

「大切にするね、ありがとう、ありがとう、礼子ちゃん」

おばさんとしばらく思い出話をした後、もう一度手を合わせて帰宅しました。

帰宅してゆっくり一ページ、一ページ、丁寧に読んでみました。

その中で印象に残ったのが礼子のお父さんが亡くなったときのコメントでした。

（我が家がもう少しゆとりのある生活だったら、お父さんは過労死なんてしないで助かったかも知れない。悔しい、このことを真理ちゃんに聞いて欲しい、でも話したら私と同じように悔しくて悲しくて余計な心配をかけてしまう、それじゃ、真理ちゃんが可哀相、だから言わないでおこう）

　このコメントを読んで真理は、礼子のこのときの気持ちがどんなにつらいものだったかを計り知ることはとうてい出来ないと実感しました。

　次には自分の死について書かれていました。

（本当はもっと早くに私の病気を真理ちゃんに知らせて、たくさん会っておきたかった。

　でも、私が白血病と聞いたら真理ちゃんのことだから、どんなに遠くても心配で、年中静岡まで会いに来てくれたと思う。それじゃ、今の大切な進路を考える時期に迷惑をかけてしまう。そういう真理ちゃんだから、やっぱり言えなかった。

　真理ちゃんは元気に私の分まで自分の希望の道を進んでもらいたい）

　礼子の優しさに涙が止まりませんでした。

　翌日、真理の学校で進路の相談会がありました。

　真理は礼子のコメントと手紙の全てを読み終えると、今までは考えていなかった新たな進路を考える参考になったのです。

　それは礼子の家族のように、貧しいばかりに医療を受けることが出来ずに亡

くなっていく人たち、ギリギリまで働かなくてはならず手遅れで亡くなってい
く人たちのため医療に携わる人になろう、そしてそれが礼子への恩返しになる
んじゃないかと考えたのです。

四、かなえられなかったクラス会

礼子との思い出が頭の中を走馬燈のように流れていきました。

礼子ちゃんの家、初めて見た鮮やかな公園での虹、ポチとの出会い、礼子ちゃんが亡くなった後、ポチも後を追うように旅立ったこと、礼子の思い出日記、胸が一杯になって診療所へ戻りました。

真理にとって心残りだったのは、礼子の病気が治ったら東京でクラス会を開く約束をしたのに実現出来なかったことです。もう、あれから五十五、六年経っているのです。

「大昔だな〜、礼子ちゃんはこのことを覚えているかしら」

そんなことを礼子の写真に問いかけながら、小学校のクラスの仲間に声をかけてみることにしました。

先ずは礼子に会って謝りたいと反省していたにもかかわらず叶わなかった近藤君に連絡を取ってみました。

「おう、久しぶりだな、元気？」

懐かしい声でした。『礼子を忍ぶ会』をする旨を話すと即、賛成と喜んでくれました。次は一恵です。

「あら、真理ちゃん、その後、元気？」

一恵も当時のままの話しかたでした。その瞬間から子供時代にタイムスリップした気分です。一恵も近藤君も自分の知る範囲で当時のメンバーを集めてくれました。

数日後、卒業した小学校の近くの喫茶店で忍ぶ会が開かれることになりました。十人程度が集まりました。

「うわあ、お前、池田《いけだ》か？」

「そうか、やっぱり月日の長さは感じるよ、頭の毛もお互いに薄くなったな」

男子は男子で会えた喜びを分かち合っています。一方、女子は女子で当時の話題で賑わっています。

「一恵ちゃん、元気そうね」

「真理ちゃんも変わらないわね、今日は忍ぶ会を開催してくれてありがとう、私もあのときから気になっていたの、とうとう、お見舞いにも行けなかったんですもの、心残りだったわ」

久しぶりの顔合わせに懐かしむみんなです。

いよいよ、忍ぶ会の始まりです。

真理はあいさつをすませると、礼子の高校入学式のときの写真をみんなに見せました。

「礼子ちゃん、明るい顔だね、小学校のときはこんな笑顔は我々には見せなかったよな、それは無理もないけどさ」

近藤君がどことなく後ろめたそうに言うのでした。

「でも、こんなに明るい笑顔を見られて良かった」

みんなは少しだけほっとしたようです。

「礼子ちゃん、お父さんが亡くなって辛かったでしょうね」

一恵は当時を思い出しているようでした。

「どうして亡くなったんだっけ？」

「お父さんは働きすぎで亡くなったみたい、あの時代は貧しい家庭では医者にかかることが出来なかったんじゃないの、それだから余計無理をしたんだと思うわよ」

「真理ちゃんはそのことを知って医者になったの？」

「それだけが理由とは言えないけど、多少は影響を受けていたかも知れないわね」

　みんなは静かになってしまいました。

「みんなの気持ちが沈んだら礼子ちゃんが困っちゃうわよ」

　真理は意図的に明るく振る舞いました。

「それにしても礼子ちゃんは短い人生だったわよね、お見舞いにも行けなかったことずーっと後悔しているわ、今の時代だったら簡単に行けたのにね、なんだか時代を恨むわ、礼子ちゃん、分かってくれているかな？」

「もちろんじゃない、礼子ちゃんだってあの時代に生きていたんですもの、そうそう、一恵ちゃんからの手紙すごく喜んでいたわよ、そしてクラス会を開いてくれることも楽しみにしていたわよ」

「そうなの、良かった」

「もちろんよ、みんなに会いたいって言っていたもの」

「いつまでも気にしないで大丈夫だと思うわよ、礼子ちゃんは最後までみんなのことを懐かしんでいたもの、だから、明るく忍ぶ会を過ごしましょうよ」

真理のこの言葉で気分も明るくなり、楽しい時間が過ぎました。

「また、次回もクラス会をしようね、幹事は近藤がやれよ」

「そうだ、そうだ」

賑やかに終わったのです。

みんなと別れたあと、真理はあの公園に立ち寄ることにしました。

公園に行けば礼子に会える気がしてならないのでした。

公園は以前とは違って、あちらこちらに電気が点いて、当時の公園とは全く違っています。

でも昔と変わらない場所にブランコは二つ並んでいました。

「乗ってみよう」

当時と同じように左側のブランコに乗って少し揺らしてみました。

「礼子ちゃん、今日はあなたのための会を開いたのよ、一恵ちゃんも近藤君も来てくれて昔の話で花が咲いたわよ」

まるで隣のブランコに礼子がいるかのように話をしています。

「あのすごい虹、私はあれ以来、見ていないけど、そちらの世界では見られて

いるのかしら?」

しばらく星空を見つめながら、まるで子供のように独り言を言って礼子との思い出にひたっていました。

「そろそろ、帰ろうかな」

何度も何度も公園の方を振り返りながら帰りました。

直接、部屋へ戻らず、診察室へと入っていきました。

診察室の引き出しには、ライラックのハンカチと礼子の思い出ノートが大切にしまわれているのです。仕事で疲れたときにこのノートを読み返して元気をもらっているのが日常なのです。すると自然と元気がわいてくるのが不思議です。

「礼子ちゃん、ありがとう、いつまでも側にいてね、ああ、礼子ちゃんに会いたいな~」

写真を見ながら明け方まで懐かしんでいました。そして礼子に改めて今後もこの町で貧しく医療を受けられない人がいれば私が治すからね、と約束をしたのです。

後書き

この本は十代の方からシルバーの方々まで、幅広い世代の方に読んでいただきたいと思って書きました。

話の中心に出てくる手紙は昭和時代には唯一の連絡手段だったのです。

今はラインやメールで瞬時に相手に伝言が届く時代です。そしてそれらが生活の一部になっています。若い方にはそれが当たり前の日常なので、手紙の交流が唯一なんて想像が出来ないかもしれません。

それをこの本を通して体験してくださると幸いです。

電話はどうして使わなかったの？　と思われるかもしれませんが昭和三十年代は電話はお金持ちの家だけの物でした。だから、必然的に、時間がかかっても手紙でやりとりをするしかなかったのです。

交通機関も今の時代では想像出来ないでしょう。

静岡までも所要時間は二倍かかっていました、運賃も高額で簡単に行き来できる距離ではありませんでした。

是非、昭和の時代にタイムスリップしてみてください。

それからこの話にはポチという犬が登場します。

仲間はずれで落ち込む主人公に、ポチがどれだけ癒やしになったか書かれています。

主人公のような立場の方、是非参考になれば嬉しいです。

多くの方に昭和三十年代と現代の違いに驚き、かつ懐かしんでいただければ嬉しいです。

著者プロフィール

松田 好子（まつだ よしこ）

1948年　東京生まれ。

子供と犬が大好き過ぎて夫からは犬の生まれ変わりだと言われている。

犬が好きなことから犬を主役に児童書を書くことに興味がわき、エッセイ、川柳と書くことを楽しんでいる。

児童書では3編犬の話で受賞。

『ウルフが教えてくれたこと』『ママとフクの奮闘記』『育ててくれてありがとう』

犬のエッセイで入選。

『無理させちゃってごめんね』『カラス君に出会って』『切ない一夜』

犬の川柳、飼い犬を詠んだ2編。

そのほかの趣味としてウクレレ、ピアノ。

音楽は気が滅入るときに大いに癒やされている。

挿絵：南出八年

ライラックの花言葉

2024年11月15日　初版第1刷発行

著　者　松田 好子
発行者　瓜谷 綱延
発行所　株式会社文芸社
〒160-0022　東京都新宿区新宿1－10－1
電話　03-5369-3060（代表）
03-5369-2299（販売）

印　刷　株式会社文芸社
製本所　株式会社MOTOMURA

ISBN978-4-286-25854-6